Wenn einer eine Reise tut...

„Die beste Bildung findet ein gescheiter Mensch auf Reisen.“

Johann Wolfgang von Goethe (1749-1832)

Heide Hopkins

Wenn einer eine Reise tut...

Reisegeschichten

Bibliografische Information: Die Deutsche Nationalbibliothek verzeichnet diese Publikation in der Deutschen Nationalbibliografie. Detaillierte bibliografische Daten sind im Internet über http://dnb.d-nb.de abrufbar.

Umschlaggestaltung und Illustrationen:
Scarlet Arian, Wiesbaden

Herstellung und Verlag:
BoD - Books on Demand, Norderstedt

ISBN 978-3-751949-78-1

Inhaltsverzeichnis

Meine erste Flugreise

Meine erste Flugreise hatte einen traurigen Hintergrund. Ich war damals blutjunge 16 Jahre alt, geboren in der Endphase des Zweiten Weltkriegs in Halle an der Saale, aufgewachsen mit älterer Schwester und jüngerem Bruder im Osten der Republik.

Zwei Jahre vor dem Mauerbau fuhren unser Eltern mit uns Geschwistern mit der S-Bahn von Berlin Ost in den Westteil der geteilten deutschen Hauptstadt. Wie schon so oft, hatten wir zuvor in Berlin-Grünau die Ferien verbracht.

Wir drei Kinder glaubten, wir würden Onkel Heinz, einen Cousin meines Vaters, in Westberlin besuchen und hatten kein Gepäck dabei. Das wäre ohnehin sehr gefährlich gewesen, denn kurz vor der Grenze zwischen den beiden Stadtteilen durchsuchten Volkspolizisten die Waggons. Jeder, der irgendwie verdächtig aussah oder Gepäck dabei hatte, wurde aus dem Zug geholt.

Mein Onkel Heinz , ein sehr, sehr lieber Mensch, hatte in Westberlin ein Lebensmittelgeschäft – Supermärkte gab es noch nicht. Ich erinnere mich, dass es dort immer wunderbar nach Milch, Butter und Bonbons roch. Alles wurde abgewogen, nichts war verpackt. Am Geschäft gab es ein Wohnzimmer und eine Küche.

Als wir alle beim Mittagessen saßen, sagte unser Vater lapidar: „So, es geht nicht mehr zurück, in die DDR." Ich bekam einen Heulkrampf, obwohl ich diejenige war, die sich am meisten danach gesehnt hatte, in den Westen zu gehen – weg vom DDR-Regime mit all seinen Lügen und Phrasen.

Aber ich war frisch verliebt, und zu Hause hatten wir ein großes Haus mit all dem hinterlassen, was uns, was mir lieb und teuer war.

Meine Eltern und mein Bruder übernachteten bei Onkel Heinz, meine Schwester und ich bei Tante Anna und Onkel Willi. Beide in den 70ern. Tante Anna sah aus wie man sich eine Tante Anna vorstellt: rundlich, mit grauen Löckchen. Sie machte wunderbares Pflaumenmus. Onkel Willi war früher Opernsänger, gab jetzt Klavierunterricht und malte. Abends hörten wir im dunklen Zimmer Hörspiele im Radio.

Irgendwann kamen unsere Eltern, um uns abzuholen. Als Abschiedsgeschenk hatte Onkel Willi meine Schwester, meinen Bruder und mich in Öl verewigt. Mutti behielt die Contenance und lobte, Vati lief rot an, drehte sich weg. Der verhinderte Lachanfall hat ihn fast erstickt. Heute hängt das Gemälde bei meiner Schwester im Keller.

Was dieser Schritt für unsere Eltern bedeutete, kann ich erst heute richtig ermessen. Aber wie wir später erfuhren, wären wir alle wenig später verhaftet worden, denn mein Vater hatte zwei Geschäfte, er war also in den Augen des Regimes ein Kapitalist und nicht linientreu.

Nach vier Wochen wurden wir von Westberlin aus nach Frankfurt am Main geflogen. Ich sehe Onkel Heinz noch auf dem Flugfeld stehen, er weinte beim Abschied. Einen weiteren Monat später erhielten wir die Nachricht, dass er am Herzschlag verstorben war. Das war das einzige Mal, dass ich unseren Vater habe weinen sehen.

Teheran - Der Ruf des Schicksals

Was brachte mich nach Teheran? Das ist eine längere Geschichte! Meine Schwester und ich sollten mit dem Zug nach Frankfurt fahren, um meiner Tante einen Koffer zurückzubringen. Allerdings brauchte meine Schwester immer sehr lange im Bad, und so kam es, wie es kommen musste: Wir verpassten den Zug, standen im Wiesbadener Bahnhof herum und warteten auf die nächste Anschlussmöglichkeit.

Ebenfalls wartete dort ein Iraner mit einem Freund, und wie sich später herausstellte, flog er Frachtmaschinen für Iran Air. Er sah mich und sagte zu seinem Freund: „Dieses Mädchen werde ich heiraten!"

Und so kam es. Ein halbes Jahr später heirateten wir; ich war 17.

Der Gedanke, in ein so unbekanntes Land zu gehen, faszinierte mich, und außerdem fand ich es erstaunlich, dass jemand eine so dumme Gans wie mich heiraten wollte. Ich fand mich auch nicht besonders hübsch.

Meine Eltern waren verständlicherweise verzweifelt. Persien war vor über 50 Jahren absolut exotisch! Wer war denn damals schon mal dort?

Um die Heirat auch für den Iran amtlich zu machen, mussten wir zur Botschaft nach Köln. Wir übernachteten vorher im Hotel, und ich saß die ganze Nacht auf dem Stuhl und heulte. Ich dachte: „Was habe ich da bloß gemacht?"
Aber wer A sagt, muss auch B sagen.

1960 bin ich in den Iran geflogen, mit Iran Air, von Frankfurt nach Teheran. Iran Air flog damals nur Fracht, und zwar mit Propellermaschinen. Der Flug dauerte 15 Stunden, mit Zwischenlandungen in Genf und Istanbul. Für eventuelle Fluggäste waren ein paar Sitze eingebaut.

Ich war der einzige Passagier an Bord, und neben meinem Sitz befanden sich vier Kisten mit weißen Mäusen die für ein Labor in Teheran bestimmt waren. Ich hatte die Aufgabe, die Mäuse mit Wasser zu versorgen. Vor meinem Sitz stand eine große Holzkiste. Na, wunderbar, da konnte ich bei dem langen Flug meine Beine drauf legen.

Als wir in Istanbul zwischengelandet waren, ging ich mit der Crew auf dem Airport frühstücken. Da fragte mich der Flugkapitän: „Na, wie war die Nacht mit der Leiche?"

Ich hatte mich also die ganze Nacht auf einem Leichnam ausgestreckt – es war ein toter Türke, der beim Baden ertrunken war und in die Türkei überführt wurde.

Italien - Schönheit ist nicht alles

Mit meinem Mann und unserer dreijährigen Tochter verbrachte ich eine Urlaubswoche im italienischen Rivazurra.

Wir waren am Strand, und plötzlich war unsere Tochter verschwunden. Aufgelöst rannten wir hin und her, völlig verzweifelt. Da sah ich meine Tochter auf einer Decke inmitten einer italienischen Großfamilie, Melone essend. Die Erleichterung war riesig!

Abends, auf dem Weg ins Hotel, wollten wir in einem Restaurant Halt machen. Ich hatte Strandklamotten an und strähnige nasse Haare. Der Türsteher meinte, es sei heute ein Schönheitswettbewerb im Programm. Die schönste Frau Rivazurras würde gewählt. Und er musterte mich von Kopf bis Fuß mit diesem Blick, der sagte: „Schätzchen, DU hast hier keine Chance."

Ich dachte mir, denen werd ich es zeigen! Am nächsten Tag ging ich zum Friseur, schminkte und stylte mich – und dann ab zum Restaurant. Leider fand an diesem Abend kein Wettbewerb statt. Außer Spesen nichts gewesen!

Am Abflugtag wurde im Flughafen bekannt gegeben, dass an Bord freie Platzwahl sei. Alles rannte im Schweinsgalopp über´s Rollfeld. Ich dagegen lief, meine kleine Tochter an der Hand, langsam hinterher. Ich war ja gebucht und würde sicher einen Sitzplatz bekommen. Als die Passagiere an der Gangway standen, hieß es: „Frauen und Kinder zuerst." Na bitte!

Kaspisches Meer - Das Wunder

Wir hatten ein Sommerhaus am Kaspischen Meer. Wie jedes Jahr verbrachten wir zwei Wochen dort.

Mit uns – meinem Mann und mir, unserer achtjährigen Tochter und den dreijährigen Zwillingen – war auch unser guter Hausgeist Esmat, mit ihrer fünfjährigen Tochter dabei. Wir waren mit einem Mietwagen unterwegs, und auf der Rückfahrt nach Teheran quittierte der seinen Dienst.

Da standen wir nun, mitten im Gebirge auf einer unbefestigten Straße. Es wurde langsam dunkel, links hohe Felsen, rechts tiefer Abgrund. Weit und breit kein Dorf oder Haus, und die Chance, dass ein anderes Auto zu später Stunde noch vorbeikäme, war gleich null.

Doch, oh Wunder, wir sahen Lichter kommen. Ein Auto! Es hielt, ein Fiat 500. Wir waren noch etwa 100 Kilometer von Teheran entfernt. Wir hatten die Idee, uns abschleppen zu lassen. Also wurde ein Betttuch zwischen beide Autos gespannt. Ohne Erfolg. Der Kleinwagen hatte nicht genug Kraft, sieben Personen samt Gepäck und Bettzeug, Kochtöpfe mit Essen und eine Schildkröte zu ziehen, die unsere Tochter unbedingt mitnehmen wollte.

Also ließen wir unser Auto stehen, räumten alles in den kleinen Fiat und kletterten unter Protest des Fahrers alle rein. Wie, kann ich mir bis heute nicht vorstellen.

Mit Tempo 30 zuckelten wir nach Teheran. Wir haben es tatsächlich geschafft. Das Gejammer des Fahrers, er würde zu einer Hochzeit erwartet, überhörten wir.

Bermudadreieck - Dem Tode nah

Mit zweien meiner drei Söhne hatte ich nach einem Karibik-Urlaub einen Nachtflug zurück nach Frankfurt. Die kürzeste Route führt dabei an der Südspitze Floridas vorbei nach Europa.

Meine Söhne saßen in der Reihe vor mir, neben mir saß ein anderer Fluggast. Wir alle hatten unser Abendessen beendet und vor uns noch eine Tasse Kaffee oder ein Glas Wein. Plötzlich gab es ein unglaubliches Krachen, und die Maschine fiel waagerecht nach unten. Wir drei waren angeschnallt, gottlob, doch die Fluggäste, die es nicht waren, knallten in Sitzhaltung an die Decke und blieben dort, solange die Maschine fiel. Mein Kaffeeinhalt stieg als runde Säule an die Decke, ebenso der Inhalt der anderen Getränke.

Anschließend ging der Flieger im Sturzflug runter, mit dem pfeifenden Geräusch, das man aus Kriegsfilmen kennt. Die Kabine stand so steil, dass ich die Knie der Gäste in den vorderen Reihen sehen konnte. Ich wünschte mir in diesem Moment nur noch, dass wir endlich aufschlagen würden, damit dieses Pfeifen aufhörte.

Nach einer Weile taumelte das Flugzeug in der Waagerechten, die Passagiere fielen von der Decke, zum Teil mit Kopfverletzungen, und alle Getränke regneten von oben auf die Gäste herunter. Ich weiß noch, dass ich unsinnigerweise meinen Sitznachbarn fragte, was ich jetzt mit der Kaffeetasse machen solle. Er meinte, ich solle sie hinterher werfen.

Der Purser erkundigte sich, ob ein Arzt an Bord sei; einer Stewardess war der schwere Trolley auf die Beine gefallen. Es war totenstill im Flugzeug. Hinter mir bat mich eine Frau, nach ihren Haarkämmen zu schauen. Die hatte ihr die Wucht des Flugmanövers aus dem Haar gerissen.

Nach einer Weile meldete sich der Kapitän und erklärte, es komme vor, dass sich im Bermudadreieck tonnenschwere kalte Luftmassen auf den Flieger legten, die aber im Radar nicht zu sehen seien. Ein Flugzeug kann Druck von unten aushalten, aber nicht von oben. So musste die Besatzung im Sturzflug versuchen, unter die Luftmassen zu fliegen, ohne zu wissen, welches Ausmaß diese hatten.

Nach dem Flug bin ich noch einige Nächte schweißgebadet aufgewacht...

USA - Der Führerschein

Einer meiner Söhne – er war damals 16 Jahre alt – wollte in Los Angeles anlässlich unseres Aufenthalts seinen Führerschein machen. Ich stimmte zu, da es dort weitaus billiger war als in Deutschland. Alles klappte, sowohl Theorie, als auch Praxis.

Wir hatten einen Mietwagen, den ich einen Tag vor unserem Heimflug am Flughafen abgeben wollte. Mein Sohn bat mich darum, selbst fahren zu dürfen. Wir kamen an eine rote Ampel, er stoppte vorschriftsmäßig und fuhr bei Grün weiter.

Keine zehn Meter danach tauchte ein Motorradpolizist neben unserem Autofenster auf und wir stoppten. Er wies uns darauf hin, dass mein Sohn eine rote Ampel überfahren hätte. Es gab nämlich nach der ersten Ampel 10 Meter weiter – ohne ersichtlichen Grund – eine zweite Ampel, und die war offensichtlich rot, was wir beide nicht gesehen hatten. Ich bückte mich sofort nach meiner Handtasche, um die Geldbörse herauszunehmen.

Man sollte in USA eigentlich starr sitzen bleiben, wenn die Polizei stoppt. Das hatte ich in der Aufregung ganz vergessen.

Der Polizist verdonnerte meinen Sohn zu Sozialarbeit, und er sollte sich am nächsten Morgen bei Gericht melden. Wir mussten aber nach Hause fliegen, mein Sohn musste ja in die Schule. Der arme Junge war völlig aufgelöst. Ich war die Ruhe selbst.

Ich rief am nächsten Morgen die Richterin vom Flughafen aus an und erklärte, dass wir plötzlich nach Deutschland fliegen müssten – ein Notfall –, und wir kämen in acht

Tagen zurück. Die Richterin war einverstanden. Wir hatten Glück.

Zuhause informierte ich den Vater meines Sohnes – er war Anwalt. Der telefonierte mit der Richterin. Mit der Zahlung von 500 Dollar war die Sache dann gottlob erledigt.

Rom - Verhindertes Sightseeing

Mit einer Freundin hatte ich geplant, drei Tage in Rom zu verbringen und alle Sehenswürdigkeiten zu besuchen. Power-Sightseeing also.

Wir kamen pünktlich am Flughafen an – und unangekündigt streikte Lufthansa. Also waren meine Freundin und ich gezwungen, den gesamten Tag auf dem Flughafen zu verbringen. Wir liefen gefühlte 30 Kilometer lange Gänge auf und ab, in der Hoffnung, doch noch mit einer Maschine von Frankfurt wegzukommen.

Zwischendurch telefonierte ich mit dem Hotel in Rom und mit dem Shuttle-Service, um mitzuteilen, dass wir zum gebuchten Termin nicht kommen würden, aber die Zimmer sollten für den Folgetag zur Verfügung stehen.

Zum Übernachten wurden wir von Lufthansa in einem Frankfurter Hotel untergebracht und sollten am nächsten Morgen nach Rom fliegen. Meine Freundin, die Frohnatur, meinte: „Na ja, wir sind zwar nicht in Rom, aber in Frankfurt – und hier scheint auch die Sonne."

Leider hatten wir dann nur eineinhalb Tage in Rom.

Namibia - Das Gepäck des Alters

Mit drei Freundinnen – wir alle standen nicht mehr ganz in der Blüte unseres Lebens – machte ich eine Reise durch das wunderschöne, interessante Namibia. Wir übernachteten unter anderem in der Etosha-Pfanne. Mit einer Länge von 130 Kilometern und einer Breite von 50 Kilometern ist sie die bei weitem größte in Afrika und zudem das markanteste Merkmal des Etosha-Natonalparks.

Uns wurde gesagt, dass bei Dunkelheit eine Nashornmutter mit ihrem Baby zum Wasserloch innerhalb des Camps kommen würde. Wir stellten uns an entsprechendem Platz auf, um die Tiere zu beobachten. Eine Freundin nahm aus ihrer Handtasche ein Mückenspray, um sich zu schützen. Dabei seufzte sie: „Früher hatte ich Kondome dabei, jetzt Mückenspray und Socken."

Kenia - Das kuschelnde Nilpferd

Unsere letzte Station auf einer Rundreise durch Kenia war ein wunderschönes Zelt-Camp. Mit Camping nach deutscher Vorstellung hatte das nichts zu tun. Die Zelte dort waren luxuriös ausgestattet und hatten PVC-beschichtete, flexible Wände. Die Plane zum Ausgang verschloss man mit einem Reißverschluss. Vor dem Zelt gab es eine kleine Holzterrasse mit Korbmöbeln. Man blickte von hier aus auf eine große Wiese, die von Bäumen umsäumt und von einem Flüsschen begrenzt war. Ganz früh, noch wenn es dunkel war, kam ein junger Mann und brachte Kaffee, Tee und Kekse, bevor es per Jeep auf Wildbeobachtung ging. Ich kam mir vor wie im Film „Jenseits von Afrika".

Mein Zeltnachbar trat einmal morgens vor seine Unterkunft, schaute in den Himmel und meinte, so stelle er sich das Paradies vor. Ich konnte ihm nur zustimmen. Das Ehepaar zur anderen Seite – es kam aus Sachsen, ich nannte *sie* „Frau Hiob" – trat aus dem Zelt und sagte: „Ham se heude och geen heißes Wasser?"

Uns war es strengstens verboten, nachts vor das Zelt zu treten, denn alle Tiere – Büffel, Flusspferde, Elefanten – kamen zum Fressen auf die Wiese. Ich lag in meinem Bett, das an der Zeltwand stand. Plötzlich wurde ich durch ein lautes Schmatzen geweckt. Dann bekam die Wand eine Beule, mein Bett bewegte sich. Ich erkannte, dass es ein Flusspferd sein musste, das zwischen den Zelten graste.

Ein Flusspferd ist etwa vier Meter lang, der Abstand zwischen den Zelten war aber nur drei Meter. Also hatte das Vieh mit seinem Hinterteil meine Zeltwand eingedrückt. Ich versuchte, nicht zu atmen, damit der Kerl nicht merkte, dass ich da bin.

Am nächsten Morgen gingen wir frühstücken. Das Restaurant war an drei Seiten offen, und an der rückwärtigen Seite stand die Theke. Die Tische waren gedeckt. Mitten in die friedliche Stille rief ein Kellner: „Der Elefant kommt, alle hinter die Theke und keinen Ton!"

Und tatsächlich schritt ein großer Elefantenbulle mitten durch die gedeckten Tischreihen, ohne etwas umzuwerfen, und ging auf die andere Seite des Restaurants um zu grasen.

Der Manager erklärte mir, dass das Camp vor 40 Jahren gebaut wurde, aber der Elefant war ungefähr 60 Jahre, und das war immer sein Weg. Also ging er durch das Restaurant.

USA - Nackte Tatsachen

Mit einer Geschäftsfreundin reiste ich nach New York. Nachdem das Geschäftliche dort geregelt war, gingen wir spätabends zum Hotel. Es war schon dunkel.

Erstaunlicherweise werden in den Bars der Hotels die „Läden" ab 23 Uhr dicht gemacht. Aber die Freundin wollte unbedingt noch einen Absacker einnehmen, einen so genannten *Nightcap*. Also liefen wir durch die dunklen, menschenleeren Straßen, auf der Suche nach einer offenen Bar.

An den Straßenecken wärmten sich Obdachlose an offenen Feuern, die in Blechkübeln brannten, und musterten uns kritisch. Sonst war niemand auf der Straße, der uns eventuell hätte helfen können. Ich habe immer nur gedacht: „Gott, wenn meine arme Mutter mich jetzt sehen könnte!"

An einem der Abende luden uns die Geschäftsfreunde zum Abendessen in ein Restaurant ein. Sie dachten, wir sollten uns wie zu Hause fühlen und wählten ein Lokal aus, das innen über und über an den Wänden Weinlaubdekoration hatte. Die Kellnerinnen, manche an die 70 Jahre alt, mussten in knappen, kurzen Lederhosen bedienen. Mich hat es fast vom Stuhl gehauen.

An einem anderen Abend hatten wir eine Einladung ins Theater. Auf der Bühne erschien ein splitterfasernackter Mann in Socken. Und das im prüden Amerika. Auf den Rängen war es totenstill, nur mir entwich ein kurzer Aufschrei.

Am Tag unseres Heimfluges wartete das Taxi vor dem Hotel. Ich stellte den Koffer neben mich, legte die Tragetasche, in der ich die Geschenke für meine Söhne hatte, auf die Kühlerhaube, lud den Koffer ein, drehte mich um und meine Tragetasche war weg – geklaut. Das ging wirklich in Sekundenschnelle. Glück im Unglück: Pass, Ticket und Geld hatte ich in meiner Handtasche.

Jamaika - Auf eine Zigarette

Auch wieder geschäftlich und in Sachen Telefon-marketing auf Jamaika unterwegs, bewohnte ich das Gästezimmer des amerikanischen Geschäfts-partners. Nachdem ich mir mein Frühstück gemacht hatte, stellte ich mich an den Straßenrand und wartete auf ein vorbeikommendes Taxi. Ich kannte das schon von Teheran. Man wartet und winkt, im Taxi sitzen dann schon Leute, und wenn das eigene Ziel auf dem Weg des Fahrers liegt, steigt man ein.

So auch auf Jamaika. Nur mit dem Unterschied, dass die Mitfahrer schuckeschwarz waren und recht abenteuerlich aussahen. Dass mir nichts passierte – Jamaika ist das Land mit der höchsten Kriminalität –, ist wohl dem Umstand zu verdanken, dass ich ohne Angst und Vorbehalte einstieg. Ich hatte also eine Aura, die mich schützte.

An einem Sonntag fragte der Geschäftspartner, ob ich Lust hätte, ihn zu begleiten. Der Onkel seines (auch schwarzen) Fahrers hätte ein Grundstück, für das er, der Ami, sich interessiere. Da ich nicht wusste, wohin es ging, kleidete ich mich folgendermaßen: schwarze Lackschuhe, helle Leinenhose, weiße Seidenbluse und schwarze Lacktasche.

Am Ende einer Straße ging es mit dem Auto nicht weiter. Also zu Fuß, der Onkel mit Machete vorne weg. Er schlug uns den Weg durch dichtes Gehölz frei, dann der Fahrer, der Ami und ich. Alles bergauf in großer Hitze. An einer Lichtung, rechts und links war es hügelig, meinte ich, das sei sehr anstrengend und ich würde hier auf die Rückkehr der anderen warten. Der Ami meinte, in etwa 20 Minuten seien sie wieder da.

Ich saß da auf einem Stein, sah nur durch die Bäume unterhalb ein paar Wellblechdächer, sonst nichts. Dann kam ein Junge an mir vorbei mit einer Machete. Freundlich guckte der nicht. Dann eine Frau mit Lockenwicklern, auch nicht freundlich. Plötzlich setzte sich ein junger Mann neben mich und meinte in „Pidgeon English", er hätte auch mal eine deutsche Freundin gehabt. Es wurden immer mehr junge Männer, die um mich rum saßen und mit denen ich meine Zigaretten teilte.

Aus den 20 Minuten wurden 40 und schnell eine Stunde. Und noch immer keine Rückkehr der anderen. Den Weg zum Auto hätte ich durch den Dschungel nicht gefunden. Plötzlich trat hinter den Bäumen ein Mann mit verkrüppeltem Bein und einem Stock hervor. Er sah aus wie ein Aborigine und lockte mit dem Zeigefinger: „Come with me". Ich seufzte: „Jesus, wenn es schon sein muss – hier sitzen so viele stramme junge Männer, warum gerade der?"

Aber dann sah ich auch die anderen kommen. Sie hatten den Mann als Vorhut geschickt. Das war auch so ein Moment, in dem ich dachte: „Oh, Gott, wenn meine arme Mutter mich hier sehen könnte!"

Cebu - Herr K. sucht sein Glück

Es ist schon erstaunlich, wohin es einen im Leben verschlägt. Diesmal führte mich eine Geschäftsreise auf die Insel Cebu, die zu den Philippinen gehört. Dort hatte sich ein Österreicher, Herr K., verheiratet mit einer Einheimischen, niedergelassen und eine Firma gegründet, die Werbepost von dort in die USA verschickte. Die Kosten, sowohl was das Porto anbelangte, als auch die Kosten, um das Werbematerial zu konfektionieren, waren dort gerade im Vergleich zu Deutschland viel niedriger.

Als erstes führte mir Herr K. seine ganze Familie vor. Er wohnte in einer Hütte ohne Fenster, das Gartentor war ein großes ausrangiertes Coca-Cola-Schild. Wir saßen im in dem, was er Wohnzimmer nannte, mit Frau und zwei kleinen Töchtern. Von draußen guckte K.'s zahnlose Schwiegermutter durchs Fenster. Ich verkniff mir jeden negativen Kommentar, meinte stattdessen vieldeutig: „Das ist ja unglaublich!" Das konnte man so oder so auslegen.

Dann ging es zur Universität in den Hörsaal, der keine Stühle hatte, sondern steinerne Treppen, auf denen unter der Woche die Studenten saßen. Für's Wochenende hatte Herr K. diesen Hörsaal angemietet, und es saßen da mindestens 30 kleine Frauen aus Cebu, neben sich stapelweise das Webematerial, Briefumschläge und eine Tasse mit Wasser. Ich dachte noch, na wenigstens haben die bei der Hitze was zu trinken. Falsch gedacht!

Die Frauen fügten die Papiere zusammen, steckten alles in den Umschlag, stippten ihr Fingerchen in das Wasser und befeuchteten ihn, um ihn zuzukleben. Und das in einem Affentempo. Wahnsinn!

K.'s Frau war geldgierig und spielsüchtig, er tat mir ein bisschen leid, er war ein netter Kerl.

Wie ich viel später erfuhr, hatte er sich Jahre danach von dieser Frau getrennt, lebte jetzt in Manila und hatte wieder eine Einheimische geheiratet.

Er konnte es nicht lassen.

Bali - Allein unter Palmen

Mit drei Freundinnen reiste ich nach Bali. Wir alle waren nicht mehr wirklich jung. Wir hatten alle Einzelzimmer mit einer Terrasse zu einem wunderschönen Garten.

Alle schliefen, es war Mitternacht, nur ich war noch wach, ging auf die Terrasse, um die laue Nacht zu genießen. Fürsorglich zog ich die Terrassentür zu, um keine Insekten hineinzulassen. Was ist dabei nicht bedacht hatte: Man konnte die Tür von außen nicht öffnen, ich konnte also nicht mehr in mein Zimmer zurück.

Da stand ich nun. Im Nachthemd, zerzaust und ungeschminkt. Kein Mensch war zu sehen, und in diesem Zustand wollte ich auch nicht an die Rezeption. Plötzlich sah ich in der Ferne einen Mann – schwarze Hose, weißes Hemd. Ich vermutete, dass das ein Kellner war.

Von meiner Terrasse aus winkte ich heftig, und der Mann begann zu rennen. Aber nicht zu mir, sondern weg. Ich hatte den Eindruck, dass er befürchtete, ich könne etwas Unsittliches von ihm wollen. Aber offensichtlich hat er mein Winken richtig gedeutet, denn zehn Minuten später kam jemand mit einem Schlüssel.

An einem der nächsten Tage fragte ich unseren Führer, ob es auf der Insel auch schwarze Magie gäbe. Er meinte, der Onkel seines Fahrers sei Brahmane und er würde uns dorthin fahren. Am folgenden Morgen gab er uns jedem ein Schälchen, gefüllt mit Blüten und Reis sowie Zigaretten, und wir sollten noch einen Geldschein beilegen.

Wir fuhren über Land, in ein typisches Dorf. Das Haus des Brahmanen, das sich deutlich von den Dorfhütten abhob, lag auf einer Anhöhe. Im Garten saßen schon einige Menschen, die eventuell von Krankheiten oder sonstigem oder von schlechtem Karma befreit werden wollten.

Als wir an die Reihe kamen, hockten wir uns in einem separaten Raum auf den Boden. Ich sprach als erste vor und der Brahmane wusste, wie viele Kinder ich habe und dass ich an einer Kreuzung wohne, mit einer Palme vor der Tür. Na ja, es ist eher eine Kiefer, aber im Prinzip hatte er meine Situation richtig erfasst.

Ich fragte, ob er mir sagen könne, ob ich noch einen Partner fände. Er fragte zurück: „Sind Sie 40 Jahre alt?" War ich natürlich nicht mehr. „50 Jahre?" Ich verneinte erneut. Daraufhin sagte er lapidar: „Dann arbeiten Sie weiter, das wird nichts mehr." Wie erbaulich.

Wir hatten alle viel Spaß.

Lappland - Das renitente Rentier

Mit zweien meiner Söhne verbrachte ich Silvester in Finnisch-Lappland in der Nähe der russischen Grenze. Ich wollte einmal im Leben Rentier- und Hundeschlitten fahren. Wir bekamen Einweisungen vom Rentierführer, jedem von uns wurde ein Rentier mit Rodel zugeteilt, und wir setzten uns in den Schlitten, die Zügel in der Hand.

Nun ging es in Reihe auf einen Rundkurs. Ich hatte das größte Rentier bekommen. Leider war das Vieh ziemlich bockig, reagierte nicht auf meine Zügelsignale und rückte dem vorderen Schlitten immer wieder auf die Pelle. Wenn ich versuchte, mein Ren zurückzuhalten, rollte es mit den Augen und warf den Kopf mit spitzem Geweih nach hinten.

Ich bestand darauf, die Tiere zu wechseln und bekam den Schlitten mit einem sanfteren Tier. Nun aber war dieser „Aufsässige" hinter mir, und ich hatte sein Maul und Atem immer auf der Schulter und wagte nicht, mich zu bewegen.

Die Landschaft war herrlich und unberührt, wir machten eine Pause. In einer Schneekuhle brachte unser Führer ein Feuer zum Lodern, gab uns jedem einen Stock, auf den wir Würstchen steckten und grillten. Er selbst hing einen Wasserkessel über das Feuer, und wir hatten ein herrliches Essen und auch Kaffee.

Am nächsten Tag machte ich mit einem meiner Söhne eine Husky-Schlittenfahrt. Anders als ich die Huskies hier bei uns gesehen habe, sind die Tiere dort sehr klein und werden zu sechs oder acht vor den Karren gespannt. Auch hier bekamen wir Anweisungen.

Das klang mir aber doch recht kompliziert, so dass ich es vorzog, im Schlitten Platz zu nehmen Mein Sohn stand hinter mir auf den Kufen und lenkte die Hunde.

Es ging stellenweise doch ziemlich bergan, und es wurde uns vorher gesagt, dass man dann den Hunden etwas helfen müsste. Mein armer Sohn hatte es so verstanden, dass er den Schlitten bergauf zu schieben hätte, dabei sollte er mit einem Fuß auf der Kufe stehen und mit dem anderen Fuß etwas nachdrücken.

Ich hörte meinen Sohn immer nur keuchen und klagen, er bekäme gleich einen Herzinfarkt und jetzt könne er nicht mehr. Ich hatte das gar nicht ernst genommen und immer von vorn Anweisungen gegeben: „nicht so eng in die Kurve, jetzt mehr bremsen" und so weiter.

Armer Kerl, er war tatsächlich völlig am Ende.

Malta - Schritte im Dunkeln

Mit einem Freund machte ich Urlaub auf Malta. Unser Hotel lag auf einer Anhöhe und recht einsam.

Am Tag unserer Ankunft wollten wir abends noch die Gegend erkunden. Von unserem Hotel aus ging ein sehr schmaler Weg ab, begrenzt von Büschen und Bäumen. Es war stockfinster. Wir wollten sehen, ob wir auf diesem Pfad zum Meer kommen.

Mein Begleiter nahm unterwegs einen großen Stein in die Hände, so als ob er damit spielen wollte. Nach etlichen Metern hörte ich es rascheln im Gebüsch – aber nicht, als ob ein Tier läuft, sonder so, als wären es Schritte. Ich hatte einen engen Rock an, packte den mit beiden Händen, zog ihn bis zu den Hüften und rannte, was das Zeug hielt, gen Hotel.

Noch heute bekomme ich eine Gänsehaut und bin überzeugt, dass da ein Mensch war, der bestimmt nichts Gutes im Sinn hatte. Offensichtlich hatte mein Begleiter das Geräusch schon vorher gehört und deshalb den Stein zur Verteidigung mitgenommen.

Russland - Der ehrliche Finder

Ich machte eine Russland-Kreuzfahrt, und wir flogen zuerst nach St. Petersburg. Dort musste man am Ausgang des Flughafens nochmal durch die Sicherheitskontrolle und sein Gepäck und die Handtasche auf das Band legen.

Ich ging dann mit meinem Koffer zum Bus, der uns ins Schiff bringen sollte. Als ich einsteigen wollte, merkte ich, dass ich meine Handtasche mit allen Papieren und Geld auf dem Band an der Sicherheitskontrolle hatte liegen lassen.

Ich war kurz vorm Herzinfarkt, rannte zurück und sah meine Tasche auf einem Stuhl neben dem Band stehen. Ich hätte den jungen Sicherheitsbeamten küssen können, der sie mit allem Inhalt dorthin gestellt hatte.

Das war ein Schock, seitdem achte ich auf allen Flughäfen immer besonders auf meine Tasche.

Marrakech - Der faule Apfel

Mit zwei Freundinnen, nennen wir sie X und Y, mit denen ich schon sehr oft gereist bin, und einer, für die anderen neuen Bekannten von mir – nennen wir sie Z – reisten wir eine Woche nach Marrakech.

Ich kenne Marokko gut und auch insbesondere Marrakech. Ich bin der beiden langjährigen Freundinnen zuliebe mit. Wie sich später herausstellte, waren sich X und Z schon auf dem Frankfurter Flughafen unsympathisch.

Ich hatte einen Privattransfer dazu gebucht, der uns leider in Marrakech nicht abholte. Wir nahmen also ein Taxi. Das Hotel, Essen, Zimmer, Gartenanlage waren wunderschön und erstklassig. Blauer Himmel, 30 Grad. Was will man mehr?

Leider baute sich die Antipathie von Frau X gegen Frau Z derart auf, dass sie mit Z kein Wort sprach, sie völlig ignorierte und nur Spitzen los ließ. Etwa dergestalt: Wir aßen in einem sehr schönen Fischrestaurant am Meer. Frau X konnte Französisch und Frau Z fragte, welche Fischart in dem Salat sei. Ich gab die Frage weiter an X und bat um Übersetzung. Frau X schaute in ihre Speisekarte und sagte: „Och, soll`s doch essen." Ich war sprachlos, unglaublich! Das gipfelte am letzten Abend darin, dass X nachmittags im Bett blieb und Z nicht zum Abendessen kam.

Morgens, vor unserem Abflug, explodierte Z (zu Recht) und sagte X ins Gesicht, sie sei eine neidische, eifersüchtige vertrocknete, verbitterte alte Frau, was man ihrem Gesicht schon ansehen könnte. Sie hatte total recht. Mit Frau Y verstand sich Z im Übrigen sehr gut.

Frau X hat uns durch ihr Verhalten den ganzen Urlaub verdorben, der so toll hätte sein können, und ich saß immer zwischen zwei Stühlen.

Karibik - Kreuzfahrt mit Loriot

Immer wieder bieten Reedereien so genannte Überführungsfahrten an. Dabei wird ein Schiff aus seinem angestammten Fahrtgebiet zurück in die Heimatbasis beordert. An sich keine besonders attraktive Route, denn anfangs sind zwar ein paar interessante Landgänge im Programm, doch dann geht es fünf, sechs Tage lang über den Ozean. Wasser, wohin das Auge blickt. Um die Plätze so gut es geht an den Mann und die Frau zu bringen, werden die Kabinen deutlich unter dem üblichen Preis angeboten.

Ich hatte also für meinen Sohn – als Ansporn und Belohnung, denn er arbeitete gerade an seiner Diplomarbeit – und für mich eine gemeinsame Kabine gebucht. Es war im Frühsommer 1992. Nun muss man dazu wissen, dass meine Söhne ganz nach dem Vater kommen. Ich dagegen bin typisch Deutsch: blond und blauäugig. Und so hörten wir hinter unserem Rücken immer wieder, wie sich einzelne Passagiere über die Konstellation ihrer beiden Mitreisenden besprachen. Ach, die hat einen Toyboy, haben viele mehr oder weniger laut gedacht. Bruder und (Halb-) Schwester konnten es ja vom Altersunterschied her kaum sein. Auf ein Mutter-Sohn-Verhältnis kam wohl keiner. Uns hat das amüsiert, wir ließen die anderen so lange es ging im Unklaren.

Wie das nun so ist, in Hotels und auf Schiffen, werden zu den Mahlzeiten Tische für bis zu zehn Personen zusammengestellt. Wir wurden an einen Zehner-Tisch gesetzt – eine illustre Runde, wie sich im Nachhinein herausstellte: ein Pärchen aus der Nähe von Frankfurt, das in fürchterlichstem Hessisch redete, ein Ehepaar (er berlinerte), ein Reisejournalist mit zwei weiblichen Begleiterinnen und eine alleinstehende Dame.

Der erste Abend zu Tisch, Totenstille. Keiner redete mit keinem, von den jeweiligen Paar- und Gruppenkonstellationen abgesehen. Es wurde geflüstert. Alles wirkte sehr verstockt. Das muss auch mein Sohn so empfunden haben, der plötzlich sein Glas ergriff, mir zuprostete und laut zu mir sagte: „Mit Dir trinke ich am liebsten, Du fette Schnecke!"

Ich wurde ganz still, senkte den Blick und wollte im Boden versinken. Natürlich war mir gegenwärtig, worauf mein Sohn mit diesem Ausspruch – ein Zitat aus einem köstlichen Loriot-Sketch – anspielte. Aber würden das alle anderen am Tisch wissen? Würden Sie diesen Sketch kennen, bei dem Herr Blümel volltrunken im Benimmkurs die Contenance verliert? Doch nach einer kurzen Schrecksekunde wandte sich der Berliner meinem Sohn zu und setzte den Dialog aus dem Loriot-Sketch fort. So gab ein Wort das andere, die beiden warfen sich die Bälle zu.

Die Sache löste sich auf. Was für ein Spaß! Von dem Moment an war das Eis an unserem Zehner-Tisch gebrochen. Mit einigen der Mit-Esser hatte ich noch lange nach der Kreuzfahrt Kontakt.

Marokko - Frauen und Kamele

Mit vier Freundinnen machte ich vor 20 Jahren eine Rundreise durch Marokko. Die Jüngste unter uns war 40 Jahre alt, die Älteste 74.

In einer einsamen Gegend trafen wir auf zwei Hirten mit einer Kamelherde. Die Hirten redeten auf unseren Reiseleiter ein. Er übersetzte, dass sie zwei Kamele gegen unsere Jüngste eintauschen wollten. Ich meinte, warte ab, die handeln wir hoch, vier Kamele müssen es mindestens sein. Leider wurde nichts aus dem Geschäft, da die Freundin sich weigerte, dem Tausch zuzustimmen.

Irgendwann führte uns die Strecke bis an die Wüste, wo Kamele warteten. Also nichts wie auf die Viecher und die Dünen hoch. Zwei der Freundinnen waren sehr rundlich. Gerade die beiden Korpulentesten teilten sich ein Kamel. Leider brach das auf halber Strecke zusammen. Ich denke mal, es war altersschwach.

Am Abend vor unserem Rückflug hatten wir alle zusammen nur noch so viel Geld, dass wir uns eine halbe Flasche Wein leisten konnten. Da meinte unsere Älteste, sie hätte noch 3.000 Mark. Sie hätte Angst gehabt, unterwegs zu sterben, und dann sollten wir genug Geld da haben, um ihre sterblichen Überreste nach Deutschland zu überführen. Wir entgegneten im Chor: „Her mit den Penunzen!" Es wurde noch ein sehr fröhlicher Abend!

Boston - Montezumas Lockruf

Ich landete vor vielen Jahren, von einer Kreuzfahrt kommend, in Miami. Dort setzte ich mich im Flughafen vor eine Snackbar und wartete auf meinen Weiterflug nach Boston. Da beobachtete ich einen jungen Mann , der sich etwas zu Essen holte. Er war Anfang 20, groß, schlank, dunkle Haare, leicht gebräunt, und er hatte die längsten Wimpern, die ich je gesehen hatte.

Der junge Mann kam direkt auf mich zu und meinte, ich sei eine wunderschöne Frau. Er hatte mich wahrscheinlich genauso beobachtet. Ich wollte ihm gerade dasselbe sagen. Er erzählte, er sei Mexikaner und auf dem Weg nach New York. Er sei Musiker. Ich sollte doch mitkommen.

Leider ging das nicht – ich hätte es auch nicht gemacht. Ich war Ende 40 und wollte mich mit meinem jüngsten Sohn in Boston treffen. Der war damals 16 und sollte von Frankfurt nach Boston zu mir fliegen. Alles hatte ich wunderbar organisiert. Aber wie es dann immer so kommt: Ich stand im Flughafen, und wer nicht in der Maschine von Frankfurt war, war mein Sohn.

In Deutschland war es drei Uhr morgens, und ich konnte telefonisch niemanden erreichen. Ich tigerte drei Stunden lang auf und ab, dann hörte ich plötzlich meinen Namen über den Flughafen-Lautsprecher. Mir wurde mitgeteilt dass mein Sohn mit dem Flieger von irgendwo aus den USA käme.

Was war passiert? Er hatte wieder mal verschlafen. Sein Bruder hatte ihn zwar im Affenzahn zum Frankfurter Flughafen gefahren, aber der Flieger nach Boston war weg. Man buchte ihn netterweise auf einen anderen Flug Richtung USA, und er musste dann umsteigen, nach Boston.

Wenigsten hatte mein Sohn die Geistesgegenwart, mich informieren zu lassen. Aber das Umsteigen irgendwo ist ja auch nicht so einfach. Und das mit 16 Jahren.

Endlich war er da. Als er meine wütende Miene sah, meinte er nur: „Ei, wie gar garstig, Bärbel." (Ich heiße gar nicht Bärbel.)

Los Angeles - Avancen an Bord

Auf einem Flug nach Los Angeles schwoll meine Oberlippe plötzlich immer dicker an. Ich sagte der Stewardess, dass ich so nicht aus dem Flieger steigen würde. Schließlich wollte ich zu einem Freund und wunderschön aussehen.

Nach einiger Zeit kam sie mit einem wirklich gut aussehenden Mann an meinen Sitz. Der stellte sich als Mannschaftsarzt der Olympiaskispringer vor und war auf dem Weg nach Calgary zur Winterolympiade. Er meinte, er könnte mir eine Injektion mit Cortison geben. Wir verschwanden in dem Kabuff für die Stewardessen.

Die Spritze hat gewirkt, und kurz vor L.A. nannte er mir ein Datum, an dem er wieder in Los Angeles wäre. Er würde mich dann gern treffen und mich für eine Woche nach Hawaii einladen. Das habe ich aber nicht gemacht Und es wäre sowieso aussichtslos gewesen Er hatte in München eine Freundin und zwei Kinder.